300句
說華語
Easy to Learn Chinese

楊琇惠——編著

前 言

　　感謝台北科技大學教學卓越計畫的支持，使得本編輯團隊得以再次與五南圖書公司合作，持續爲華語教學教材略盡綿薄心力。

　　在編撰了三本分別爲不同程度的學習者所設計的華語教材之後，筆者深深感覺到，要學好華語實非一蹴可幾的事，非得花個三五年的工夫，才能達到聽、說、讀、寫樣樣精通。然而這對繁忙的商務人士，或是短期到華語地區旅行的觀光客而言，實非易事。有鑑於此，本編輯團隊遂萌生編撰一本類似辭典般的簡明華語入門書，來服務想藉由華語來與華人拉近距離的外籍人士；於是此書便誕生了。

　　本書的優點在於，華語初學者在尚未接觸正規的華語教學之前，便能依著此書的分類，找到合於己意的文句來完成簡易的溝通，以解決日常生活上的不便。爲了增加使用上的便利性，本書在編排上，特地將英文置於中文之前，好讓讀者可以快速搜尋所需的辭句；而在內容上，則是以主題來做分類，然後各篇章再依事件的發生順序來做安排，再輔以小標題來做段落的區隔，全書井然有序，易讀、易懂又好用。

　　此外，值得一提的是，本書還附加了三篇單字表（名詞、動詞、形容詞），單字表的功能類似字典，凡是初學者在日常生活中可能使用到的單字，都已被收錄進來了，因此讀者若只是想找尋某個單字時，則可善用單字表。

　　由於本書的設計主要是在於服務洽商或短期旅行的觀光客，因此在內容的取捨難免略有偏廢，未能盡善盡美，所以還請華語界的前輩們不吝指正。

楊琇惠
2010年7月
於北科大通識中心

CONTENTS

目錄

您好嗎？
Nín hǎo ma?
How are you doing?

問候
Wènhòu
Greetings

早安！您（你）好嗎？
Zǎoān! Nín (nǐ) hǎo ma?
Good morning! How are you doing?

Morning	Good afternoon	Good evening/ Good night
早 啊 zǎo a	午 安 wǔān	晚 安 wǎn' ān

您nín: you, polite form of addressing one person.

我 很 好，謝謝 您。您 呢？
Wǒ hěn hǎo, Xièxie nín. Nín ne?
I am fine, thank you. And you?

pleased	excited	cheerful
高 興 gāoxìng	興 奮 xīngfèn	愉 快 yúkuài

你 最 近 好 嗎？

Nǐ zuìjìn hǎo ma?

How have you been recently?

我 最 近 不 太 好。

Wǒ zuìjìn bú tài hǎo.

I haven't been too good recently.

comfortable	happy	joyful
舒 服 shūfú	開 心 kāixīn	快 樂 kuàilè

我 最 近 很 生 氣。

Wǒ zuìjìn hěn shēngqì.

I've been so angry recently.

depressed	sad	grieved
沮 喪 jǔsàng	難 過 nánguò	傷 心 shāngxīn

你 的 假期 好 嗎？

Nǐ de jiàqí hǎo ma?

How was your vacation?

family	work	husband	wife
家 人 jiārén	工 作 gōngzuò	先 生 xiānshēng	妻子 qīzǐ

非 常 好。
Fēicháng hǎo.
It was wonderful.

姓 名
Xìngmíng
Names

請 問 你 貴 姓?
Qǐngwèn nǐ guìxìng?
May I ask, what is your last name?

you	he	she
您 nín	他 tā	她 tā

我 姓 王。
Wǒ xìng Wáng.
My last name is Wang.

Chen	Lin	Li	Yang
陳 Chén	林 Lín	李 Lǐ	楊 Yáng

請 問 你 叫 什 麼 名 字?
Qǐngwèn nǐ jiào shénme míngzi?
May I ask, what is your name?

he	she	this student	that man
他 tā	她 tā	這 位 學 生 zhè wèi xuéshēng	那 位 先 生 nà wèi xiānshēng

請 問 你的 名字是 什麼？
Qǐngwèn nǐ de míngzi shì shénme?
May I ask, what is your name?

his	her	this student's	that man's
他的 tā de	她的 tā de	這 位 學 生 的 zhè wèi xuéshēng de	那 位 先 生 的 nà wèi xiānshēng de

我的 名字是馬克。
Wǒ de míngzi shì Mǎkè.
My name is Mark.

his	her	this student's	that man's
他的 tā de	她的 tā de	這 位 學 生 的 zhè wèi xuéshēng de	那 位 先 生 的 nà wèi xiānshēng de

很 榮 幸 見 到 您，我 是 雅婷。
Hěn róngxìng jiàn dào nín, wǒ shì Yǎtíng.
It's a pleasure to meet you. I am Yǎtíng.

道別
Dàobié
Goodbyes

我 真 的 該 走 了。
Wǒ zhēnde gāi zǒu le.
I really ought to go.

很 高 興 認 識 你。
Hěn gāoxìng rènshì nǐ.
Nice to meet you.

我 也 很 高 興 認 識 你。
Wǒ yě hěn gāoxìng rènshì nǐ.
Nice to meet you, too.

再 見！
Zàijiàn!
See you!

Goodbye	Talk to you later	See you next Monday	See you this afternoon
拜 拜 bāibāi	以後 再 聊 yǐhòu zài liáo	星 期一 見 xīngqíyī jiàn	下 午 見 xiàwǔ jiàn

常 用 禮貌 用語 表
chángyòng lǐmào yòngyǔ biǎo
Polite phrases

please	excuse me	thank you	sorry
請 qǐng	請 問 qǐngwèn	謝 謝 xièxie	對不起 duìbùqǐ

人 稱 表
● rénchēng biǎo
List of pronouns

I	you	you	he	she
我	你	您	他	她
wǒ	nǐ	nín	tā	tā

my	your	your	his	her
我 的	你 的	您 的	他 的	她 的
wǒ de	nǐ de	nín de	tā de	tā de

we/us	you	they/them
我 們	你 們	他 們
wǒmen	nǐmen	tāmen

our	your	their
我 們 的	你 們 的	他 們 的
wǒmen de	nǐmen de	tāmen de

多少錢？

Duōshǎo qián?

How much is it?

價錢
Jiàqián
Prices

請問這個多少錢？

Qǐngwèn zhège duōshǎo qián?

Excuse me. How much is this?

that	jacket	shoes	pants
那個 nàge	夾克 jiákè	鞋子 xiézi	褲子 kùzi

dress	shirt	T-shirt	skirt
洋裝 yángzhuāng	襯衫 chènshān	T恤 tīxù	裙子 qúnzi

請 問 這 個 蘋 果 怎 麼 賣 ？/這 個 蘋 果
Qǐngwèn zhège píngguǒ zěnme mài? /Zhège píngguǒ
多 少 錢 ？
duōshǎo qián?
Excuse me. How much is this apple?

guava	grape	strawberry	banana
芭樂 bālè	葡萄 pútáo	草莓 cǎoméi	香蕉 xiāngjiāo

cherry	lemon	kiwi	watermelon
櫻桃 yīngtáo	檸檬 níngméng	奇異果 qíyìguǒ	西瓜 xīguā

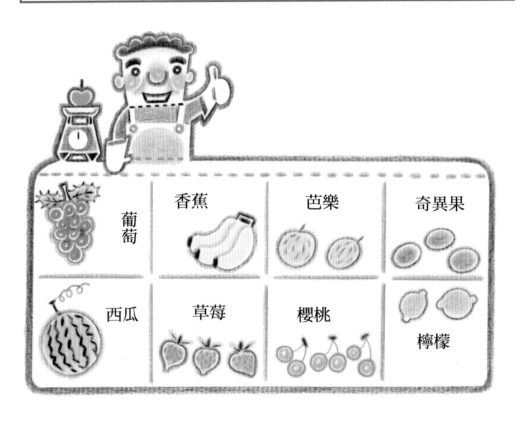

葡萄　香蕉　芭樂　奇異果　西瓜　草莓　櫻桃　檸檬

請 問 一 杯 紅 茶 多 少 錢？

Qǐngwèn yì bēi hóngchá duōshǎo qián?

Excuse me. How much is a cup of black tea?

coffee	green tea	soda water	coke
咖啡 kāfēi	綠茶 lǜchá	汽水 qìshuǐ	可樂 kělè

 請 問 一 個 三 明 治 多 少 錢？

Qǐngwèn yí ge sānmíngzhì duōshǎo qián?

Excuse me. How much is a sandwich?

hamburger	hot dog	bread	bun
漢 堡 hànbǎo	熱狗 règǒu	麵 包 miànbāo	包子 bāozi

數字
● Shùzì
Numbers

 這個 五十 元。

Zhège wǔshí yuán.

This is NT 50.

one	two	three	four
一 yī	二 èr	三 sān	四 sì

five	six	seven	eight
五 wǔ	六 liù	七 qī	八 bā

nine	ten	eleven	twelve
九 jiǔ	十 shí	十一 shíyī	十二 shíèr

thirteen	fourteen	twenty	thirty
十三 shísān	十四 shísì	二十 èrshí	三十 sānshí

one hundred	two hundred	three hundred	one thousand
一百 yìbǎi	兩百 liǎngbǎi	三百 sānbǎi	一千 yìqiān

two thousand	three thousand	ten thousand	twenty thousand
兩千 liǎngqiān	三千 sānqiān	一萬 yíwàn	兩萬 liǎngwàn

找 你 三 十 元。
Zhǎo nǐ sānshí yuán.
Your change is NT 30.

殺價
Shājià
Bargain

喔，太 貴 了。
O, tài guì le.
Oh, that's too expensive.

inexpensive / cheap	worth it	great	wonderful
便宜 piányí	划算 huásuàn	好 hǎo	棒 bàng

請 問 這個 有 特價 嗎 ?
Qǐngwèn zhège yǒu tèjià ma?
Excuse me. Is this item on sale?

discount	discount	special offer
折 扣 zhékòu	打折 dǎzhé	特別 優 惠 tèbié yōuhuì

可以 算 我 五 折 嗎 ?
Kěyǐ suàn wǒ wǔ zhé ma?
Can you give me 50 percent off?

10 percent off	20 percent off	half price
九 折 jiǔ zhé	八 折 bā zhé	半價 bànjià

詢 問 店 員
xúnwèn diànyuán
Asking a clerk

這個 有 小 一 點 的 嗎 ?
Zhège yǒu xiǎo yìdiǎn de ma?
Does this come in a smaller size?

medium	larger	extra large
中 號 zhōng hào	大 一 點 dà yìdiǎn	特大 號 tèdà hào

請 問 有 吸管 嗎 ?
Qǐngwèn yǒu xīguǎn ma?
Excuse me. Do you have a straw?

plastic bag	bag	chopsticks	spoon
塑膠袋 sùjiāodài	袋子 dàizi	筷子 kuàizi	湯匙 tāngchí

付錢
● Fùqián
Paying the bill

要付現金還是 刷卡？
Yào fù xiànjīn háishì shuā kǎ?
Would you like to pay by cash or by credit?

能 開 收據給我嗎？
Néng kāi shōujù gěi wǒ ma?
Can I have a receipt?

這 是 您的 收據。
Zhè shì nín de shōujù.
Here's your receipt.

check/bill	invoice	credit card
帳　單 zhàngdān	發票 fāpiào	信 用 卡 xìnyòngkǎ

自我 介紹
Zìwǒ jièshào
Self-introductions

名字
Míngzì
Names

請 問 您 叫 什麼 名字？
Qǐngwèn nín jiào shénme míngzi?
May I ask, what is your name?

您 好！我 是 馬克。
Nín hǎo! wǒ shì Mǎkè.
Hello! I am Mark.

請 問 您 貴 姓？
Qǐngwèn nín guìxìng?
What is your last name?

013

我 姓　王。

Wǒ xìng Wáng.

My last name is Wang.

年齡
● Niánlíng
Ages

您 今 年 幾歲？

Nín jīnnián jǐ suì?

How old are you?

我 今 年 十八歲。

Wǒ jīnnián <u>shíbā</u> suì.

I am <u>18</u> years old.

five	twenty	thirty-four	fifty
五 wǔ	二 十 èrshí	三 十四 sānshísì	五 十 wǔshí

職業
● Zhíyè
Jobs

請 問 您 的 工 作 是 什麼？

Qǐngwèn nín de gōngzuò shì shénme?

What do you do for a living?

我 現 在 是 學 生。

Wǒ xiànzài shì <u>xuéshēng</u>.

I am a <u>student</u> now.

teacher	career soldier	office worker	designer
老師 lǎoshī	職業軍人 zhíyèjūnrén	上班族 shàngbānzú	設計師 shèjìshī

nurse	painter	musician	assistant
護士 hùshì	畫家 huàjiā	音樂家 yīnyuèjiā	助理 zhùlǐ

cashier	secretary	clerk	housewife
收銀員 shōuyínyuán	秘書 mìshū	店員 diànyuán	家庭主婦 jiātíng zhǔfù

reporter	dentist	model	salesman
記者 jìzhě	牙醫 yáyī	模特兒 mótèér	推銷員 tuīxiāoyuán

actor	actress	news anchor	announcer
男演員 nányǎnyuán	女演員 nǚyǎnyuán	新聞主播 xīnwén zhǔbò	廣播員 guǎngbōyuán

barber	bus driver	detective	engineer
理髮師 lǐfǎshī	公車司機 gōngchē sījī	偵探 zhēntàn	工程師 gōngchéngshī

fireman	guard	guide	judge
消防員 xiāofángyuán	警衛 jǐngwèi	導遊 dǎoyóu	法官 fǎguān

lawyer	interpreter	producer	policeman
律師 lǜshī	口譯員 kǒuyìyuán	製作人 zhìzuòrén	員警 yuánjǐng

國籍
Guójí
Nationality

請 問 您 是 哪 國 人？
Qǐngwèn nín shì nǎ guó rén?
Which country are you from?

請 問 您 從 哪 裡 來？
Qǐngwèn nín cóng nǎlǐ lái?
Where are you from?

我 是 台 灣 人。
Wǒ shì Táiwānrén.
I am Taiwanese.

American	Korean
美 國 人 Měiguórén	韓 國 人 Hánguórén
Singaporean	French
新 加 坡 人 Xīnjiāpōrén	法 國 人 Fǎguórén

English
英 國 人 Yīngguórén
Indian
印 度 人 Yìndùrén

German
德 國 人 Déguórén
Canadian
加 拿 大 人 Jiānádàrén

016

Italian	Mexican
義大利人 Yìdàlìrén	墨西哥人 Mòxīgērén
Brazilian	Filipino
巴西人 Bāxīrén	菲律賓人 Fēilǜbīnrén

Thai
泰 國 人 Tàiguórén
Spaniard
西 班 牙 人 Xībānyárén

Japanese
日 本 人 Rìběnrén

請 問 您 住 在 哪 裡 ？
Qǐngwèn nín zhù zài nǎlǐ?
Where do you live?

我 住 在 <u>台北</u>。
Wǒ zhù zài Táiběi.
I live in Taipei.

Kaohsiung	New York	Tokyo	London
高 雄 Gāoxióng	紐 約 Niǔyuē	東 京 Dōngjīng	倫 敦 Lúndūn

個性
● Gèxìng
Personality

您 的 個性 如何？
Nín de gèxìng rúhé?
What type/kind of personality do you have?

我 是 一個 外 向 的 人。
Wǒ shì yí ge wàixiàng de rén.
I am an outgoing person.

lively	easygoing	quiet	positive
活 潑 的	好 相 處 的	安 靜 的	積極的
huópō de	hǎo xiāngchǔ de	ānjìng de	jījí de

請 問 您 主 修 什 麼？
Qǐngwèn nín zhǔxiū shénme?
What is your major?

我 主 修機械 工 程。
Wǒ zhǔxiū jīxiè gōngchéng.
My major is mechanical engineering.

chemistry	business	international trade	medicine
化 學	商 業	國際貿易	醫藥
huàxué	shāngyè	guójì màoyì	yīyào

家人
Jiārén
Family

你家 有 幾個 人？
Nǐ jiā yǒu jǐ ge rén?
How many members are there in your family?

我 家 有 <u>四個</u> 人。
Wǒ jiā yǒu sì ge rén.
There are <u>4</u> people in my family.

two	three	five
兩　個 liǎng ge	三 個 sān ge	五 個 wǔ ge

我 的<u>爺爺</u>已經 退 休 了。
Wǒ de yéye yǐjīng tuìxiū le.
My <u>grandfather</u> has already retired.

grandfather	grandmother
外 公 wàigōng	奶 奶 / 外 婆 nǎinai / wàipó

019

他喜歡 泡茶。
Tā xǐhuān pàochá.
He likes to <u>make tea</u>.

hiking	fishing	hiking	see a movie
爬 山 páshān	釣 魚 diàoyú	健 行 jiànxíng	看 電 影 kàn diànyǐng

我 的爸爸 是醫 生。
Wǒ de <u>bàba</u> shì yīshēng.
My <u>father</u> is a doctor.

mother	aunt	uncle
媽 媽 māma	姑姑 / 阿姨 gūgu / āyí	叔 叔 / 伯伯 shúshu / bóbo

我 的 媽媽 是 老師。

Wǒ de māma shì lǎoshī.

My mother is a teacher.

我 的 哥哥 已 經 畢業 了。

Wǒ de gēge yǐjīng bìyè le.

My older brother has already graduated.

elder sister	younger sister	younger brother
姊姊 jiějie	妹 妹 mèimei	弟弟 dìdi

我 的 姊姊 單 身。

Wǒ de jiějie dānshēn.

My older sister is single.

married	divorced	unmarried
結 婚 了 jiéhūn le	離婚 了 líhūn le	未 婚 wèihūn

我 的 弟弟是 小 學 生。

Wǒ de dìdi shì xiǎoxuéshēng.

My younger brother is a primary school student.

university student	middle school student	high school student	graduate student
大 學 生 dàxuéshēng	國 中 生 guózhōngshēng	高 中 生 gāozhōngshēng	研 究 生 yánjiùshēng

現在幾點？
Xiànzài jǐ diǎn?
What time is it?

問時間
● Wèn shíjiān
Asking about time

請問 現在幾點？
Qǐngwèn xiànzài jǐ diǎn?
Excuse me. What time is it?

現在 <u>十點</u> 了嗎？
Xiànzài <u>shí diǎn</u> le ma?
Is it <u>10:00</u>? / Is it <u>ten o'clock</u>?

023

1:00	2:00	3:05 five past/after three	12:30
一　點 yì diǎn	兩　點 liǎng diǎn	三　點　五　分 sān diǎn wǔ fēn	十二　點　三十分/ shíèr diǎn sānshí fēn/ 十二　點　半 shíèr diǎn bàn

現 在 是　上　午 九　點　嗎？
Xiànzài shì shàngwǔ jiǔ diǎn ma?
Is it 9:00 a.m.?

8:00 in the morning	3:00 in the afternoon	7:00 in the evening	2:00 in the morning
早　上 zǎoshàng 八　點 bā diǎn	下　午 xiàwǔ 三　點 sān diǎn	晚　上 wǎnshàng 七　點 qī diǎn	凌　晨 língchén 兩　點 liǎng diǎn

請　問　你 幾 點　上　班？
Qǐngwèn nǐ jǐ diǎn shàngbān?
May I ask, what time do you go to work?

get off work	go home
下　班 xiàbān	回家 huíjiā

go to class	get out of class
上　課 shàngkè	下　課 xiàkè

have free time	get up
有 空 yǒukòng	起 床 qǐchuáng

go to bed	have a meal
睡 覺 shuìjiào	吃飯 chīfàn

這 會議幾點 開始？
Zhè huìyì jǐ diǎn kāishǐ?
What time does the meeting start?

movie	program	show
電 影 diànyǐng	節目 jiémù	表 演 biǎoyǎn

約 時 間
Yuē shíjiān
Making a date

今 天 四 點 你 可 以 到 我 辦 公 室 來 嗎？
Jīntiān sì diǎn nǐ kěyǐ dào wǒ bàngōngshì lái ma?
Can you be at my office around four today?

home	room	classroom
家 jiā	房 間 fángjiān	教 室 jiàoshì

你 八 點 四 十 分 有 空 嗎？
Nǐ bā diǎn sìshí fēn yǒukòng ma?
Are you free at 8:40?

3:15	after 10 minutes	after half an hour
三 點 十 五 分 sān diǎn shíwǔ fēn	十 分 鐘 後 shí fēnzhōng hòu	半 小 時 後 bàn xiǎoshí hòu

我 訂 好 五 點 要 開 會。
Wǒ dìnghǎo wǔ diǎn yào kāihuì.
I have a five o'clock meeting scheduled.

我 們 一 點 鐘 約 在 咖 啡 店 見 面。
Wǒmen yì diǎn zhōng yuē zài kāfēidiàn jiànmiàn.
Let's meet at the café around one o'clock.

airport	lobby	station
飛機場 fēijīchǎng	大廳 dàtīng	車站 chēzhàn

改 時間
● Gǎi shíjiān
Rescheduling

 這 時 間 我 不 太 方 便。
Zhè shíjiān wǒ bú tài fāngbiàn.
I'm unavailable.

 可 以 改 時 間 嗎？
Kěyǐ gǎi shíjiān ma?
Can I change the time?

今天 星期幾？

Jīntiān xīngqí jǐ?

What day is it today?

2010　一月

1

星期？　庚寅年十一月 十七日

日期
Rìqí
Dates

請 問 今天 星期幾？

Qǐngwèn jīntiān xīngqí jǐ?

What day is it today?

yesterday	tomorrow	the day before yesterday	the day after tomorrow
昨 天 zuótiān	明 天 míngtiān	前 天 qiántiān	後 天 hòutiān

今 天　星 期一。

Jīntiān xīngqíyī.

Today is Monday.

Tuesday	Wednesday	Thursday
星 期二 xīngqíèr	星 期三 xīngqísān	星 期四 xīngqísì

Friday	Saturday	Sunday
星 期五 xīngqíwǔ	星 期六 xīngqíliù	星 期日 xīngqírì

請　問 今 天 幾月 幾號？

Qǐngwèn jīntiān jǐ yuè jǐ hào?

What is today's date?

今 天 是 六 月 1 號。

Jīntiān shì liù yuè yī hào.

Today is June first.

January	February	March	April	May	July
一 月 yí yuè	二 月 èr yuè	三 月 sān yuè	四 月 sì yuè	五 月 wǔ yuè	七 月 qī yuè

August	September	October	November	December
八 月 bā yuè	九 月 jiǔ yuè	十 月 shí yuè	十 一 月 shíyī yuè	十 二 月 shíèr yuè

生日
Shēngrì
Birthdays

你 的 生日是 什麼 時候？
Nǐ de shēngrì shì shénme shíhòu?
When is your birthday?

我 的 生日是 上 星 期五。
Wǒ de shēngrì shì shàng xīngqíwǔ.
My birthday was last Friday.

next Tuesday	next Saturday	last Sunday
下 星 期二 xià xīngqíèr	下 星 期六 Xià xīngqíliù	上 星 期日 shàng xīngqírì

特殊節日
tèshū jiérì
Holidays

你今天不用 上 課嗎？
Nǐ jīntiān búyòng shàngkè ma?
Don't you have to go to school today?

go to work	work overtime	hold a meeting
上 班／工 作 shàngbān/gōngzuò	加班 jiābān	開 會 kāihuì

今 天 不 用，因 為 今 天（是）星 期六。
Jīntiān búyòng, yīnwèi jīntiān (shì) xīngqíliù.
I'm off today because it's Saturday.

national holiday	deferred holiday	vacation	New Year's Day
國 定 假日 guódìng jiàrì	補假 bǔjià	休假 xiūjià	新 年 xīnnián

Chinese New Year
農 曆 春 節 nónglì chūnjié

Moon Festival
中 秋 節 zhōngqiūjié

Double Tenth Day
雙 十節 shuāngshíjié

Christmas
聖 誕 節 shèngdànjié

 我 們 公司 週 休 二 日。
Wǒmen gōngsī zhōu xiū èr rì.
Our company has two days off each week.

school	factory
學 校 xuéxiào	工 廠 gōngchǎng

約會
yuēhuì
Making appointments

明 天 我 們 一起吃午飯，好 嗎？
Míngtiān wǒmen yìqǐ chī wǔfàn, hǎo ma?
Let's have lunch tomorrow, shall we?

have breakfast	have dinner	have a buffet	drink a cup of coffee
吃 早 餐 chī zǎocān	吃 晚 餐 chī wǎncān	吃自助 餐 chī zìzhùcān	喝咖啡 hē kāfēi

watch a movie	go hiking	go shopping	go to the department store
看 電 影 kàn diànyǐng	去 爬 山 qù páshān	去 逛 街 qù guàngjiē	去百貨 公 司 qù bǎihuògōngsī

明 天 我 沒 空，星期五 可以 嗎？
Míngtiān wǒ méikòng, xīngqíwǔ kěyǐ ma?
I don't have time tomorrow. How about Friday?

下 星 期任何時間 都 可以。
Xià xīngqí rènhé shíjiān dōu kěyǐ.
Any time next week is good for me.

沒 問 題，你 想 約 在 哪邊 見 面？
Méi wèntí, nǐ xiǎng yuē zài nǎbiān jiànmiàn?
No problem. Where would you like to meet?

太 好 了！我 們 約 在 咖啡店 見。
Tài hǎo le! Wǒmen yuē zài kāfēidiàn jiàn.
Good! Let's meet at the café.

restaurant	MRT station	classroom
餐 廳 cāntīng	捷 運 站 jiéyùn zhàn	教 室 jiàoshì

怎麼走？
Zěnme zǒu?
How do I get there?

搭 公 車
Dā gōngchē
Taking the bus

請 問 我 要 在 哪裡搭 <u>公 車</u>？
Qǐngwèn wǒ yào zài nǎlǐ dā gōngchē?
Excuse me, where should I catch the <u>bus</u>?

taxi	MRT	train
計 程 車 jìchéngchē	捷 運 Jiéyùn	火 車 huǒchē

請 問 公 車站 在 哪裡？
Qǐngwèn gōngchēzhàn zài nǎlǐ?
Excuse me, where is the bus stop?

公 車 站 在 那 邊。

Gōngchēzhàn zài nàbiān.

The bus stop is over there.

taxi stop	MRT station	train station
計 程 車 招 呼 站 jìchéngchē zhāohūzhàn	捷 運 站 jiéyùnzhàn	火 車 站 huǒchēzhàn

 我 要 去 板 橋，請 問 我 該 搭 哪 一 班 公 車?

Wǒ yào qù Bǎnqiáo, qǐngwèn wǒ gāi dā nǎ yì bān gōngchē?

I want to go to Banqiao, which bus should I take?

Guting station	Taipei City Hall	Kaohsiung	Hualien
古 亭 站 Gǔtíngzhàn	台 北 市 政 府 Táiběi shìzhèngfǔ	高 雄 Gāoxióng	花 蓮 Huālián

 你 可 以 搭 這 班 公 車。

Nǐ kěyǐ dā zhè bān gōngchē.

You can take this bus.

在公車上
Zài gōngchē shàng
On the bus

請 問 這裡 到 <u>台 中</u> 要 多 久 ?
Qǐngwèn zhèlǐ dào Táizhōng yào duōjiǔ?
Excuse me, how long does it take to get to <u>Taichung</u>?

culture center	museum	Hsinchu	Kenting
文 化 中 心 wénhuà zhōngxīn	博 物 館 bówùguǎn	新 竹 Xīnzhú	墾 丁 Kěndīng

請 問 我 應 該 在 哪 一 站 下 車 ?
Qǐngwèn wǒ yīnggāi zài nǎ yí zhàn xià chē?
Excuse me, where should I get off the bus?

到 了 我 會 再 提 醒 你。
Dàole wǒ huì zài tíxǐng nǐ.
I will let you know when we arrive.

下 一 站 就 到 了。
Xià yí zhàn jiù dào le.
It's the next station.

搭捷運
Dā jiéyùn
Taking the MRT

請 問 這 附 近 有 捷 運 站 嗎？
Qǐngwèn zhè fùjìn yǒu jiéyùnzhàn ma?
Excuse me, is there an MRT station nearby?

捷 運 站 在 對 面。
Jiéyùnzhàn zài duìmiàn.
The MRT station is across the street.

post office	police station	convenience store	bank
郵 局 yóujú	警 察 局 jǐngchájú	便 利 商 店 biànlìshāngdiàn	銀 行 yínháng

zoo	hospital	restaurant	park
動 物 園 dòngwùyuán	醫 院 yīyuàn	餐 廳 cāntīng	公 園 gōngyuán

動 物 園 該 怎 麼 走？
Dòngwùyuán gāi zěnme zǒu?
How do I get to the zoo?

Chung Hsiao East Road	Ren Ai Road	He Ping West Road
忠　孝　東　路 Zhōngxiàodōnglù	仁　愛　路 Rén'àilù	和　平　西　路 Hépíngxīlù

動 物 園　在 台 北 市 的 南　邊。
Dòngwùyuán zài Táiběi shì de nánbiān.
The zoo is in the south of Taipei city.

east	north	west
東　邊 dōngbiān	北　邊 běibiān	西　邊 xībiān

沿 著　這 條 路 走 到 底，再　左　轉。
Yánzhe zhè tiáo lù zǒu dào dǐ, zài zuǒ zhuǎn.
Just follow this road till it dead ends, then turn left !

turn right	turn around	upstairs	downstairs
右　轉 yòu zhuǎn	迴　轉 huízhuǎn	上　樓 shàng lóu	下　樓 xià lóu

往　前 走 大 約 一 百 公 尺，就 會 看 到
Wǎng qián zǒu dàyuē yìbǎi gōngchǐ, jiù huì kàndào
十字路口。
shízìlùkǒu.
Go straight for approximately 100 meters, then you will see an intersection.

overpass	underpass	crosswalk	traffic light
天　橋 tiānqiáo	地 下 道 dìxiàdào	斑 馬 線 bānmǎxiàn	紅 綠 燈 hónglǜdēng

過 馬路 之 後，在第一個 紅綠燈 左 轉。

Guò mǎlù zhīhòu, zài dì-yī ge hónglùdēng zuǒ zhuǎn.

After you cross the road, turn left at the <u>first</u> traffic light.

second	third	fourth	fifth
第二 個 dì-èr ge	第 三 個 dì-sān ge	第四 個 dì-sì ge	第五 個 dì-wǔ ge

捷運 站 在 飯店 的 隔壁。

Jiéyùnzhàn zài fàndiàn de gébì.

The MRT station is <u>next to</u> the hotel.

across from	behind	in front of
對 面 duìmiàn	後 面 hòumiàn	前 面 qiánmiàn

搭 手扶梯到 二樓就 會 看 到 月 台了。

Dā shǒufútī dào èr lóu jiù huì kàn dào yuètái le.

When you <u>take the escalator</u> to the second floor, you will see the platform.

take the elevator	go up / down the stairs
搭 電梯 dā diàntī	走 樓梯 zǒu lóutī

你可以搭 車 到 動 物 園 站 下 車。

Nǐ kěyǐ dā chē dào Dòngwùyuánzhàn xià chē.

You can take the MRT and get off at <u>Taipei zoo station</u>.

Taipei main station	Danshui station	Ximen station	terminal station
台北 車 站 Táiběichēzhàn	淡 水 站 Dànshuǐzhàn	西 門 站 Xīménzhàn	終 點 站 zhōngdiǎnzhàn

從 捷 運 三 號 出 口 出 來 就 到 了。

Cóng jiéyùn sān hào chūkǒu chūlái jiù dào le.

You will arrive when you exit from MRT exit No. 3.

搭 計 程 車
● Dā jìchéngchē
Taking the taxi

您 好，我 要 去 機 場。

Nín hǎo, wǒ yào qù jīchǎng.

Excuse me, I want to go to the airport.

前 面 閃 黃 燈 處 請 左 轉。

Qiánmiàn shǎn huángdēng chù qǐng zuǒ zhuǎn.

Please turn left at the blinking yellow light.

intersection	corner	lane entrance
路口 lùkǒu	轉 角 zhuǎnjiǎo	巷 口 xiàngkǒu

請 你 開 慢 一 點，我 不 趕 時 間。

Qǐng nǐ kāi màn yìdiǎn, wǒ bù gǎn shíjiān.

I am not in a hurry, please slow down.

這 裡 停 就 行 了，謝 謝！

Zhèlǐ tíng jiù xíng le,　xièxie!

Please stop here, thank you!

道 謝
Dàoxiè
Thanks

謝 謝 您 的 幫 忙。

Xièxie nín de bāngmáng.

Thanks for your help.

不客氣。祝 您 有 美 好 的 一 天。

Búkèqì,　zhù nín yǒu měihǎo de yì tiān.

You're welcome. Have a nice day.

餐廳
Cāntīng
Restaurants

訂 位
Dìngwèi
Reservations

我 要 訂 位。
Wǒ yào dìngwèi.
I want to make a reservation.

你 們 有 幾 位？
Nǐmen yǒu jǐ wèi?
For how many?

我 們 有 三 個 人。
Wǒmen yǒu sān ge rén.
We are a group of three.

043

什 麼 時 候？
Shénme shíhòu?
At what time?

今 晚 七 點。
Jīnwǎn qī diǎn.
Seven o'clock tonight.

請 問 是 什 麼 名 字？
Qǐngwèn shì shénme míngzi?
May I have your name, please?

您 的 電 話 是？
Nín de diànhuà shì?
What's your phone number?

我 的 電 話 是0911123456。
Wǒ de diànhuà shì 0911123456.
My phone number is 0911123456.

我 們 有 訂 位 了。
Wǒmen yǒu dìngwèi le.
We have a reservation.

餐廳内
Cāntīng nèi
In the restaurant

這 邊 請。
Zhèbiān qǐng.
This way, please.

這 是 您 的 座 位。
Zhè shì nín de zuòwèi.
Here's your table.

我 可 以 坐 這 位 置 嗎？
Wǒ kěyǐ zuò zhè wèizhì ma?
May I take this seat?

我 可 以 坐 這 裡 嗎？
Wǒ kěyǐ zuò zhèlǐ ma?
May I sit here?

點 餐
Diǎn cān
Ordering

你 最 喜 歡 吃 什 麼？
Nǐ zuì xǐhuān chī shénme?
What's your favorite dish?

我 想 吃 當 地 的 食 物。

Wǒ xiǎng chī dāngdì de shíwù.

I'd like to have some local food.

我 想 吃 中 式 料理。

Wǒ xiǎng chī zhōngshì liàolǐ.

I'd like to eat <u>Chinese</u> food.

Korean	Japanese	Thai
韓式 hánshì	日式 rìshì	泰式 tàishì

French	Western	Italian
法式 fǎshì	西式 xīshì	義式 yìshì

您 好，我 想 點 餐。

Nín hǎo, wǒ xiǎng diǎncān.

Excuse me, I would like to order.

這 是 我 們 的 菜 單。

Zhè shì wǒmen de càidān.

This is our menu.

有 什 麼 建 議 的 菜 色 嗎？

Yǒu shénme jiànyì de càisè ma?

Do you have any suggestions for a main dish?

還 需 要 其 他 的 嗎？

Hái xūyào qítā de ma?

Would you like anything else?

大概要 等 多久？
Dàgài yào děng duōjiǔ?
How long is the wait?

用 餐 愉 快。
Yòngcān yúkuài.
Enjoy your meal.

這 不 是 我 點 的 食物。
Zhè búshì wǒ diǎn de shíwù.
This is not what I ordered.

開胃菜
Kāiwèicài
Appetizers

你 要 哪 道 前 菜？
Nǐ yào nǎ dào qiáncài?
Which appetizer would you like?

我 想 要 沙拉。
Wǒ xiǎngyào shālā.
I want some salad

fried calamari	onion loaf
酥 炸 花 枝 圈 sūzhá huāzhīquān	洋 蔥 磚 yángcōngzhuān

nachos	chicken fingers
焗薄 餅 júbóbǐng	炸 雞柳 棒 zhá jīliǔbàng

需 要 其他的 嗎？

Xūyào qítā de ma?

Do you need anything else?

內 用 還是 外 帶？

Nèiyòng hái shi wàidài?

For here or to go?

主餐

● Zhǔcān

the Main course

我 們 有 牛肉 麵。

Wǒmen yǒu niúròumiàn.

We have beef noodles.

pork chop rice	boiled dumplings	sashimi	miso soup
排骨飯 páigǔfàn	水 餃 shuǐjiǎo	生 魚 片 shēngyúpiàn	味 噌 湯 wèicēngtāng

foie gras	beefsteak	spaghetti	bibimbap
鵝肝 醬 égānjiàng	牛 排 niúpái	義大利 麵 yìdàlìmiàn	韓式 拌 飯 hánshì bànfàn

gratin seafood rice	ham-burger	club bagel	club sandwich
海鮮焗飯 hǎixiānjúfàn	漢堡 hànbǎo	總匯貝果 zǒnghuì bèiguǒ	總匯三明治 zǒnghuì sānmíngzhì

risotto with pumpkin cream sauce	American submarine sandwich
奶油南瓜燉飯 nǎiyóu nánguā dùnfàn	美式潛艇堡 měishì qiántǐngbǎo

 有 供 應 素食 嗎？
Yǒu gōngyìng sùshí ma?
Do you have vegetarian dishes?

 我喜歡 這道菜。
Wǒ xǐhuān zhè dào cài.
I like this dish.

 想 到 就餓 了。
Xiǎngdào jiù è le.
Thinking about it makes me hungry.

 飲料
Yǐnliào
Drinks

 需要 喝 的 嗎？
Xūyào hē de ma?
Would you like something to drink?

 您 的 飲料 要 大杯 的 還是 小 杯 的？
Nín de yǐnliào yào dà bēi de háishì xiǎo bēi de?
Do you want a large or small drink?

049

您 要 冰 的、溫 的 還是熱的？
Nín yào bīng de, wēn de, háishì rè de?
Would you like it cold, warm or hot?

我 想要 喝 水。
Wǒ xiǎngyào hē shuǐ.
I would like to drink water.

coke	juice	milk tea	black tea
可樂 kělè	果汁 guǒzhī	奶茶 nǎichá	紅茶 hóngchá

coffee	cappuccino	latte	beverage
咖啡 kāfēi	卡布奇諾 kǎbùqínuò	拿鐵 nátiě	飲料 yǐnliào

beer	wine	champagne	whisky
啤酒 píjiǔ	葡萄酒 pútáojiǔ	香檳 xiāngbīn	威士忌 wēishìjì

需要 再一杯 水 嗎？
Xūyào zài yì bēi shuǐ ma?
Would you like another glass of water?

甜點
Tiándiǎn
Desserts

甜 點 有 哪幾 種？
Tiándiǎn yǒu nǎ jǐ zhǒng?
What do you have for dessert?

我 們 有 巧克力蛋糕。
Wǒmen yǒu qiǎokèlì dàngāo.
We have chocolate cake.

fruit tart	cherry pie	caramel pudding	tiramisu
水 果 塔 shuǐguǒtǎ	櫻 桃 派 yīngtáopài	焦 糖 布 丁 jiāotángbùdīng	提拉米蘇 tílāmǐsū

strawberry shake	cream puff	mango lassi	vanilla ice cream
草 莓 cǎoméi 冰 沙 bīngshā	奶 油 nǎiyóu 泡 芙 pàofú	芒 果 mángguǒ 奶 酪 nǎiluò	香 草 xiāngcǎo 冰 淇淋 bīngqílín

味 道
Wèidào
Flavors

這 道 菜太辣了。
Zhè dào cài tài là le.
This food is too spicy.

sweet	sour	bitter
甜 tián	酸 suān	苦 kǔ

hot	cold	salty
燙 tàng	冷 lěng	鹹 xián

這 很 好 吃。
Zhè hěn hǎo chī.
This tastes good.

這 食物 很 美 味。
Zhè shíwù hěn měiwèi.
This food is delicious.

用 餐
Yòng cān
Dining

可以把 鹽 傳 給 我 嗎？
Kěyǐ bǎ yán chuán gěi wǒ ma?
Can you pass me the salt?

pepper	bread	water	chopsticks
胡椒 hújiāo	麵包 miànbāo	水 shuǐ	筷子 kuàizi

fork	spoon	knife	straw
叉子 chāzi	湯匙 tāngchí	刀子 dāozi	吸管 xīguǎn

我 吃飽了。
Wǒ chībǎo le.
I'm stuffed.

你 還 餓 嗎？
Nǐ hái è ma?
Are you still hungry?

結 帳
Jié zhàng
Paying

請 問 要 如 何 付 款 ？
Qǐngwèn yào rúhé fùkuǎn?
How would you like to pay for your meal?

現 金 還 是 刷 卡 ？
Xiànjīn háishì shuā kǎ?
Cash or credit?

我 們 想 分 開 付 帳 。
Wǒmen xiǎng fēnkāi fùzhàng.
We would like to pay separately.

這 是 找 您 的 零 錢 。
Zhè shì zhǎo nín de língqián.
Here's your change.

我 生 病 了
Wǒ shēngbìng le
I am sick

不 舒 服
● Bù shūfú
Uncomfortable

你 哪裡 不 舒服？
Nǐ nǎlǐ bù shūfú?
Where do you feel uncomfortable?

我 頭 痛。
Wǒ <u>tóu</u> tòng.
I have a <u>head</u>ache.

eye	ear	tooth	nose
眼 睛 yǎnjīng	耳 朵 ěrduo	牙 齒 yáchǐ	鼻子 bízi

055

neck	shoulder	arm	hand
脖子 bózi	肩膀 jiānbǎng	手臂 shǒubì	手 shǒu

finger	chest	stomach	waist
手指 shǒuzhǐ	胸口 xiōngkǒu	肚子 dùzi	腰部 yāobù

bottom	leg	knee	feet
臀部 túnbù	腿 tuǐ	膝蓋 xīgài	腳 jiǎo

我 的 腳 踝 扭 傷 了。
Wǒ de jiǎohuái niǔshāng le.
I sprained my ankle.

scrape	sprain	swell	bruise
擦傷 cāshāng	扭傷 niǔshāng	腫起來 zhǒngqǐlái	瘀青 yūqīng

我 生 病 了。
Wǒ shēngbìng le.
I am sick.

醫院
● Yīyuàn
Hospitals

你 需要 去 醫院 嗎?
Nǐ xūyào qù yīyuàn ma?
Do you need to go to the hospital?

clinic	health center
診 所 zhěnsuǒ	健 康 中 心 jiànkāng zhōngxīn

掛號
● Guàhào
Registering

 我 想 要 掛 號。
Wǒ xiǎngyào guàhào.
I would like to register.

inoculation	a health examination	to visit a patient	to get medication
打預防針 dǎ yùfángzhēn	健 康 檢 查 jiànkāng jiǎnchá	探望 病人 tànwàng bìngrén	領 藥 lǐngyào

 請 問 你 要 看 什麼 科?
Qǐngwèn nǐ yào kàn shénme kē?
What type of specialist would you like to see?

 你 有 什麼 病 史 嗎?
Nǐ yǒu shénme bìngshǐ ma?
What is your medical history?

 我 要 看 家庭醫學科。
Wǒ yào kàn jiātíngyīxuékē.
I would like to see someone from the Department of Family Medicine.

orthopedics	general surgery department	dermatology	dentistry
骨科 gǔkē	一 般 外科 yìbānwàikē	皮膚科 pífūkē	牙科 yákē

pediatrics	obstetrics and gynecology	rehabilitation	ophthalmology
小兒科 xiǎoérkē	婦產科 fùchǎnkē	復健科 fùjiànkē	眼科 yǎnkē

症狀
● Zhèngzhuàng
Symptoms

我有發燒。/ 我發燒了。
Wǒ yǒu fāshāo. / Wǒ fāshāo le.
I have a fever.

runny nose	stuffy nose
流鼻水 liúbíshuǐ	鼻塞 bísāi

cough	sore throat
咳嗽 késòu	喉嚨痛 hóulóngtòng

sneeze	allergies
打噴嚏 dǎpēntì	過敏 guòmǐn

cavity	diarrhea
蛀牙 zhùyá	拉肚子 lādùzi

指示
Zhǐshì
Doctor's instructions

要　多久才會　好？
Yào duōjiǔ cái huì hǎo?
How long will I take to recuperate?

這些藥　有副作　用　嗎？
Zhèxiē yào yǒu fùzuòyòng ma?
Do these medicines have any side effects?

請　吃　清淡的食物。
Qǐng chī qīngdàn de shíwù.
Please eat light meals.

不要　吃刺激性的食物。
Búyào chī cìjīxìng de shíwù.
Don't eat anything that would irritate your stomach.

cold	hot	sour	salty
冰 的	燙 的	酸 的	鹹 的
bīng de	tàng de	suān de	xián de

別　忘了按時　吃藥。
Bié wàngle ànshí chīyào.
Don't forget to take your medicine on time.

這個藥要　睡前　吃。
Zhège yào yào shuìqián chī.
This medicine should be taken before bedtime.

on an empty stomach	after meals	with water
空 腹 kōngfù	飯 後 fàn hòu	配 水 pèishuǐ

這 個 藥 一 天 吃 一 次。
Zhège yào yì tiān chī yí cì.
Take this medicine once a day.

every three hours	three hours later
每 三 小 時 měi sān xiǎoshí	三 小 時 後 sān xiǎoshí hòu

多 喝 水，多 休息。
Duō hēshuǐ, duō xiūxí.
Drink lots of water and get lots of rest.

早日 康 復！
Zǎorì kāngfù!
Get well soon!

Unit 9

寄信、打電話
Jì xìn、 dǎ diànhuà
Sending a letter、making a phone call

書面信件
Shūmiàn xìnjiàn
Letters

我 想 買 郵 票。
Wǒ xiǎng mǎi yóupiào.
I want to buy stamps.

envelope	paper	postcard
信 封 xìnfēng	信 紙 xìnzhǐ	明 信 片 míngxìnpiàn

您 要 寄去哪裡？
Nín yào jì qù nǎlǐ?
Where are you sending this letter to?

我 想 寄 包 裹 到 台北。
Wǒ xiǎng jì bāoguǒ dào Táiběi.
I'd like to send this package to Taipei.

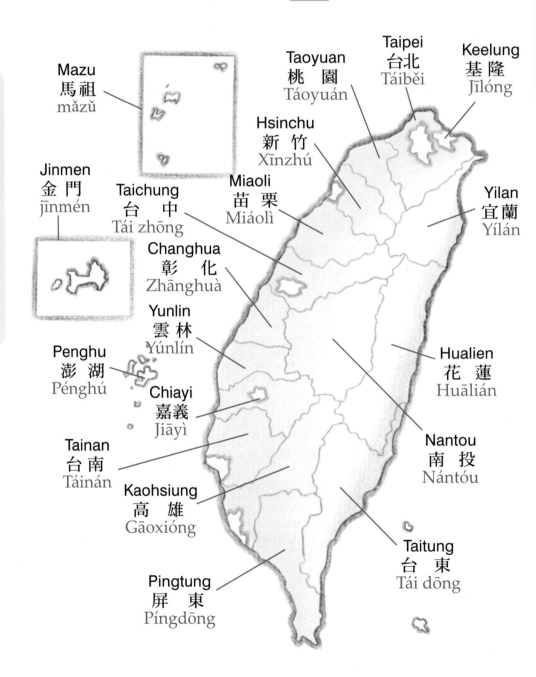

Mazu
馬祖
mǎzǔ

Jinmen
金門
jīnmén

Taichung
台中
Tái zhōng

Changhua
彰化
Zhānghuà

Yunlin
雲林
Yúnlín

Penghu
澎湖
Pénghú

Chiayi
嘉義
Jiāyì

Tainan
台南
Táinán

Kaohsiung
高雄
Gāoxióng

Pingtung
屏東
Píngdōng

Taoyuan
桃園
Táoyuán

Hsinchu
新竹
Xīnzhú

Miaoli
苗栗
Miáolì

Taipei
台北
Táiběi

Keelung
基隆
Jīlóng

Yilan
宜蘭
Yílán

Hualien
花蓮
Huālián

Nantou
南投
Nántóu

Taitung
台東
Tái dōng

您 要 寄平 信 嗎？
Nín yào jì píng xìn ma?
Do you want to send by regular mail?

prompt mail	registered mail	express	airmail
限 時 專 送 xiànshí zhuānsòng	掛 號 信 guàhàoxìn	快 遞 kuàidì	航 空 郵 件 hángkōng yóujiàn

請 問 郵資 多 少？
Qǐngwèn yóuzī duōshǎo?
Excuse me, how much is the postage?

您 的 包 裹 一 公 斤 重。
Nín de bāoguǒ yì gōngjīn zhòng.
Your parcel weighs 1 kilogram.

gram	ounce	pound
克 kè	盎 司 àngsī	磅 bàng

我 想 要 領 包 裹。
Wǒ xiǎngyào lǐng bāoguǒ.
I want to pick up my package.

您 帶 了 收 件 單 嗎？
Nín dàile shōujiàndān ma?
Do you have your package receipt with you?

papers	seal	identification card	passport
證 件 zhèngjiàn	印 章 yìnzhāng	身 分 證 shēnfènzhèng	護 照 hùzhào

電子郵件
Diànzǐ yóujiàn
E-Mail

請 輸入 帳 號。
Qǐng shūrù zhànghào.
Please enter your ID number.

password	recipient	subject	content
密 碼	收 件 者	主 旨	內 容
mìmǎ	shōujiànzhě	zhǔzhǐ	nèiróng

可以 給我 您 的 電子信 箱　嗎？
Kěyǐ gěi wǒ nín de diànzǐ xìnxiāng ma?
Could you give me your e-mail address?

我 每天 都 收 電子郵 件。
Wǒ měitiān dōu shōu diànzǐ yóujiàn.
I check my e-mail every day.

電 話
Diànhuà
Telephone

您 家裡 電 話 幾 號？
Nín jiālǐ diànhuà jǐ hào?
What's your home phone number?

您 的 手機是 多 少？
Nín de shǒujī shì duōshǎo?
What's your cell phone number?

喂！請 問 您 找 誰？

Wéi! Qǐngwèn nín zhǎo shéi?

May I ask, who are you looking for?

喂！請 問 瑪莉在家 嗎？

Wéi! Qǐngwèn mǎlì zài jiā ma?

Hello! Is Mary home?

您 好！我 想 找 瑪莉。

Nín hǎo, wǒ xiǎng zhǎo mǎlì.

May I speak to Mary, please?

喂！請 問 哪裡 找？

Wéi! Qǐngwèn nǎlǐ zhǎo?

May I ask, who's calling?

她 不 在 家。

Tā bú zài jiā.

She is not at home.

她 什 麼 時候 會 回來？

Tā shénme shíhòu huì huílái?

When will she be back?

她 大 約 晚 上 8 點 回來。

Tā dàyuē wǎnshàng bā diǎn huílái.

She will be back at about 8 pm.

這裡是 2345-7890，對 吧？

Zhèlǐ shì 2345-7890, duì ba?

This is 2345-7890, right?

請 等 一下，我 幫 您 轉 接。

Qǐng děng yí xià,　wǒ bāng nín zhuǎnjiē.

Please hold on for a second. I'll put you through.

您 方 便 說 話 嗎？

Nín fāngbiàn shuōhuà ma?

Are you free to talk?

您 可以 晚 一 點 再 打來 嗎？

Nín kěyǐ wǎn yìdiǎn zài dǎlái ma?

Would you mind calling again later?

你 需要 她 回 電 嗎？

Nǐ xūyào tā huí diàn ma?

Would you like her to return your call?

你 想 要 留言 嗎？

Nǐ xiǎngyào liúyán ma?

Would you like to leave a message?

我 可以 留言 嗎？

Wǒ kěyǐ liúyán ma?

May I leave a message?

抱 歉，我 這麼 晚 才 回覆 你。

Bàoqiàn,　wǒ zhème wǎn cái huífù nǐ.

I'm so sorry for the late reply.

我 剛 才 寄了 一 封 簡 訊 給你。

Wǒ gāngcái jì le yì fēng jiǎnxùn gěi nǐ.

你 收 到 了 嗎？

Nǐ shōudào le ma?

I sent a text message to your cell phone. Did you receive it?

祝福語

Zhùfúyǔ

Expressions for happy occasions

一般用祝福語
- Yìbānyòng zhùfúyǔ

Common celebratory expressions

我 祝福你 萬事如意。

Wǒ zhùfú nǐ wànshì-rúyì.

I hope all is well with you.

希望你美夢成真。

Xīwàng nǐ měimèng-chéngzhēn.

I hope your dreams come true.

吉星高照。

Jíxīng-gāozhào.

Good luck in the year ahead.

祝 你 好 運。

Zhù nǐ hǎoyùn.

Good luck to you.

事事 順 心。

Shìshì-shùnxīn.

Hope everything turns out for the best.

笑 口 常 開。

Xiàokǒu-chángkāi.

Grinning all the time.

愛情
• àiqíng
Love

祝 你們 白頭 偕老。

Zhù nǐmen báitóu-xiélǎo.

I hope you two grow old together.

祝 你們 永 浴愛河。

Zhù nǐmen yǒngyù-àihé.

Forever the bath will love the river.

情 人 節 快 樂。

Qíngrénjié kuàilè.

Happy Valentine's Day.

有 情 人 終 成 眷 屬。

Yǒuqíngrén zhōngchéng juànshǔ.

Love will find a way.

你們 真是 天作之合！
Nǐmen zhēn shì tiānzuòzhīhé!
You two are really a match made in heaven!

生日
Shēngrì
Birthdays

祝 你 生日快樂！
Zhù nǐ shēngrì kuàilè!
Happy birthday to you!

願 你 健康 長 壽。
Yuàn nǐ jiànkāng chángshòu.
I wish you longevity and health.

祝 你 永 遠 快樂。
Zhù nǐ yǒngyuǎn kuàilè.
I wish you eternal happiness.

祝 你 多福 多 壽。
Zhù nǐ duōfú-duōshòu.
Live long and prosper.

祝 您福如 東 海，
Zhù ní fú rú Dōnghǎi,
壽 比 南 山！
shòu bǐ Nánshān!
Long life and much fortune.

069

學業和事業
● Xuéyè hé shìyè
School and work

祝 你 學業 進步。
Zhù nǐ xuéyè jìnbù.
I wish you progress in your studies.

祝 你 金 榜 題 名。
Zhù nǐ Jīnbǎng-tímíng.
I hope you succeed on a government examination.

祝 你 步步 高 升。
Zhù nǐ bùbù-gāoshēng.
I hope you to get continuous promotions.

祝 你 馬 到 成 功。
Zhù nǐ mǎ dào chéng gōng.
I wish you an immediate victory.

祝 你 脫 穎 而 出。
Zhù nǐ tuōyǐng'érchū.
I hope you stand out from the crowd.

祝 你 生 意 興 隆。
Zhù nǐ shēngyì-xīnglóng.
I wish you success with your business.

祝 你 鴻 圖 大 展。
Zhù nǐ hóngtú-dàzhǎn.
I hope you have a bright and successful future.

祝 你 鵬 程 萬 里。
Zhù nǐ péngchéng-wànlǐ.
I wish you a bright future.

Unit 10 Blessing

070

新 年 快樂。

Xīnnián kuàilè.

Happy new year.

恭 賀 新禧！

Gōnghè-xīnxǐ!

Best wishes for the year to come!

恭 喜發財！

Gōngxǐ-fācái!

May you have good fortune!

祝 你 大吉大利。

Zhù nǐ dàjí-dàlì.

I wish you happiness and prosperity.

祝 你 年 年 有餘。

Zhù nǐ niánnián-yǒuyú.

Wish you more riches than last year.

祝 你 歲歲 平 安。

Zhù nǐ suìsuì-píng'ān.

I wish you peace.

願 你 有 個吉祥 快樂的一 年！

Yuàn nǐ yǒu ge jíxiáng kuàilè de yì nián!

I wish you the best New Year ever!

其他節日
Qítā jiérì
Other festivals

祝 你 中 秋節 快樂！
Zhù nǐ zhōngqiūjié kuàilè
Happy <u>Moon Festival</u> to you!

Dragon Boat Festival
端 午節 Duānwǔjié

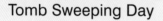

Tomb Sweeping Day
清 明 節 Qīngmíngjié

Ghost Festival	Lantern Festival
中 元 節 Zhōngyuánjié	元 宵 節 Yuánxiāojié

Children's Day	Women's Day
兒童 節 értóngjié	婦女節 fùnǚjié

Teacher's Day	Mother's Day	Father's Day	Christmas Day
教 師節 Jiàoshījié	母 親節 Mǔqīnjié	父 親節 Fùqīnjié	耶 誕節 Yēdànjié

生詞總表
Vocabulary

A

ānjìng de 安靜的 quiet
àngsī 盎司 ounce

B

bàba 爸爸 father
bā diǎn sìshí fēn 八點四十分 8:40
Bāxīrén 巴西人 Brazilian
bā 八 eight
bā yuè 八月 August
bā zhé 八折 20 percent off
bāibāi 拜拜 Goodbye
bàngōngshì 辦公室 office
bànjià 半價 half price
bānmǎxiàn 斑馬線 crosswalk
Bǎnqiáo 板橋 Banqiao
bàn xiǎoshí hòu 半小時後 after half an hour
bàng 棒 wonderful
bàng 磅 pound
bāozi 包子 bun
běibiān 北邊 north
bísāi 鼻塞 stuffy nose
bízi 鼻子 nose
biànlì shāngdiàn 便利商店 convenience store
biǎoyǎn 表演 show
bīng de 冰的 cold
bówùguǎn 博物館 museum
bózi 脖子 neck
bǔjià 補假 deferred holiday
bú tài hǎo 不太好 not been too good

C

cāshāng 擦傷 scrape
cāntīng 餐廳 restaurant
cǎoméi bīngshā 草莓冰沙 strawberry shake
chāzi 叉子 fork
chēzhàn 車站 station
chènshān 襯衫 shirt
Chén 陳 Chen
chīfàn 吃飯 have a meal
chī zǎocān 吃早餐 have breakfast

chī wǔfàn 吃午飯 have lunch
chī wǎncān 吃晚餐 have dinner
chī zìzhùcān 吃自助餐 have a buffet
cìjīxìng de 刺激性的 spicy

D

dā diàntī 搭電梯 take the elevator
dǎ pēntì 打噴嚏 sneeze
dā shǒufútī 搭手扶梯 take the escalator
dàtīng 大廳 lobby
dàxuéshēng 大學生 university student
dà yìdiǎn 大一點 larger
dǎ yùfángzhēn 打預防針 inoculation
dǎzhé 打折 discount
dàizi 袋子 bag
dānshēn 單身 single
Dànshuǐzhàn 淡水站 Danshui station
dǎoyóu 導遊 guide
dāozi 刀子 knife
Déguórén 德國人 German
dìdi 弟弟 younger brother
dìxiàdào 地下道 underpass
diànyǐng 電影 movie
diànyuán 店員 clerk
diàoyú 釣魚 fishing
dì-yī ge 第一個 first
dì-èr ge 第二個 second
dì-sān ge 第三個 third
dì-sì ge 第四個 fourth
dì-wǔ ge 第五個 fifth
dōngbiān 東邊 east
Dōngjīng 東京 Tokyo
dòngwùyuán 動物園 zoo
Dòngwùyuánzhàn 動物園站 Taipei zoo station
dùzi 肚子 stomach
Duānwǔjié 端午節 Dragon Boat Festival
duìbùqǐ 對不起 sorry
duìmiàn 對面 across from

E

égānjiàng 鵝肝醬 foie gras
ěrduo 耳朵 ear
èrshí 二十 twenty
értóngjié 兒童節 Children's Day
èr 二 two
èr yuè 二月 February

F

fǎguān 法官 judge

Fǎguórén　法國人　French
fāpiào　發票　invoice
fāshāo　發燒　fever
fǎshì　法式　French
fàn hòu　飯後　after meals
fángjiān　房間　room
fēijīchǎng　飛機場　airport
Fēilǜbīnrén　菲律賓人　Filipino
fùchǎnkē　婦產科　obstetrics and gynecology
fùjiànkē　復健科　rehabilitation
fùnǚjié　婦女節　Women's Day
Fùqīnjié　父親節　Father's Day

G

gāoxìng　高興　pleased
Gāoxióng　高雄　Kaohsiung
gāozhōngshēng　高中生　high school student
gébì　隔壁　next to
gēge　哥哥　older brother
gōngchǎng　工廠　factory
gōngchē sījī　公車司機　bus driver
gōngchē　公車　bus
Gōngchēzhàn　公車站　bus stop
gōngchéngshī　工程師　engineer
gōngjīn　公斤　kilogram
gōngsī　公司　company
gōngyuán　公園　park
gōngzuò　工作　work
gūgu / āyí　姑姑 / 阿姨　aunt
gǔkē　骨科　orthopedics
Gǔtíngzhàn　古亭站　Guting station
guàhào　掛號　register
guàhàoxìn　掛號信　registered mail
guǎngbōyuán　廣播員　announcer
guì　貴　expensive
guódìng jiàrì　國定假日　national holiday
guójì màoyì　國際貿易　international trade
guòmǐn　過敏　allergies
guǒzhī　果汁　juice
guózhōngshēng　國中生　middle school student

H

hǎixiānjúfàn　海鮮焗飯　gratin seafood rice
hànbǎo　漢堡　hamburger
Hánguórén　韓國人　Korean
hánshì bànfàn　韓式拌飯　bibimbap
hánshì　韓式　Korean

hángkōng yóujiàn　航空郵件　airmail
hǎo xiāngchǔ de　好相處的　easygoing
hǎo　好　great
hē kāfēi　喝咖啡　drink a cup of coffee
Hépíngxīlù　和平西路　He Ping West Road
hěn hǎo　很好　fine
hóngchá　紅茶　black tea
hónglǜdēng　紅綠燈　traffic light
hóulóngtòng　喉嚨痛　sore throat
hòumiàn　後面　behind
hòutiān　後天　the day after tomorrow
hújiāo　胡椒　pepper
hùshì　護士　nurse
hùzhào　護照　passport
huàjiā　畫家　painter
Huālián　花蓮　Hualien
huásuàn　划算　worth it
huàxué　化學　chemistry
huíjiā　回家　go home
huìyì　會議　meeting
huízhuǎn　迴轉　turn around
huǒchē　火車　train
huǒchēzhàn　火車站　train station
huópō de　活潑的　lively

J

jìchéngchē　計程車　taxi
jìchéngchē zhāohūzhàn　計程車招呼站　taxi stop
jījí de　積極的　positive
jīxiè gōngchéng　機械工程　mechanical engineering
jìzhě　記者　reporter
jiābān　加班　work overtime
jiākè　夾克　jacket
Jiānádàrén　加拿大人　Canadian
jiārén　家人　family
jiātíngyīxuékē　家庭醫學科　Department of Family Medicine
jiātíng zhǔfù　家庭主婦　housewife
jiā　家　home
jiàqí　假期　vacation
jiānbǎng　肩膀　shoulder
jiànkāng jiǎnchá　健康檢查　a health examination
jiànkāng zhōngxīn　健康中心　health center
jiànxíng　健行　hiking
Jiàoshījié　教師節　Teacher's Day
jiàoshì　教室　classroom

jiāotángbùdīng　焦糖布丁　caramel pudding

jiǎo　腳　feet

jiéhūn le　結婚了　married

jiějie　姊姊　elder sister

jiémù　節目　program

jiéyùn　捷運　MRT

jiéyùnzhàn　捷運站　MRT station

jīntiān　今天　today

jǐngchájú　警察局　police station

jǐngwèi　警衛　guard

jiǔ　九　nine　ten

jiǔ yuè　九月　September

jiǔ zhé　九折　10 percent off

júbóbǐng　焗薄餅　nachos

jǔsàng　沮喪　depressed

（K）

kǎbùqínuò　卡布奇諾　cappuccino

kāfēi　咖啡　coffee

kāfēidiàn　咖啡店　café

kāihuì　開會　hold a meeting

kāixīn　開心　happy

kàn diànyǐng　看電影　see a movie; watch a movie

kělè　可樂　coke

késòu　咳嗽　cough

kè　克　gram

Kěndīng　墾丁　Kenting

kōngfù　空腹　on an empty stomach

kǒuyìyuán　口譯員　interpreter

kùzi　褲子　pants

kǔ　苦　bitter

kuàidì　快遞　express

kuàilè　快樂　joyful

kuàizi　筷子　chopstick

（L）

lādùzi　拉肚子　diarrhea

là　辣　spicy

lǎoshī　老師　teacher

lěng　冷　cold

lǐfàshī　理髮師　barber

líhūn le　離婚了　divorced

Lǐ　李　Li

liǎngbǎi　兩百　two hundred

liǎng diǎn　兩點　2:00

liǎng ge　兩個　two

liǎngqiān　兩千　two thousand

liǎngwàn　兩萬　twenty thousand

Lín　林　Lin

língchén liǎng diǎn　凌晨兩點　2:00 in the morning

lǐngyào　領藥　to get medication

liúbíshuǐ　流鼻水　runny nose

liù　六　six

liù yuè　六月　June

lǜchá　綠茶　green tea

lùkǒu　路口　intersection

lǜshī　律師　lawyer

Lúndūn　倫敦　London

（M）

māma　媽媽　mother

mángguǒ nǎiluò　芒果奶酪　mango lassi

Měiguórén　美國人　American

mèimei　妹妹　younger sister

měi sān xiǎoshí　每三小時　every three hours

měishì qiántǐngbǎo　美式潛艇堡　American submarine sandwich

mìmǎ　密碼　password

mìshū　秘書　secretary

miànbāo　麵包　bread

míngtiān　明天　tomorrow

míngxìnpiàn　明信片　postcard

mótèér　模特兒　model

Mòxīgērén　墨西哥人　Mexican

Mǔqīnjié　母親節　Mother's Day

（N）

nàge　那個　that

nátiě　拿鐵　latte

nà wèi xiānshēng　那位先生　that man

nà wèi xiānshēng de　那位先生的　that man's

nǎichá　奶茶　milk tea

nǎinai / wàipó　奶奶/外婆　grandmother

nǎiyóu nánguā dùnfàn　奶油南瓜燉飯　risotto with pumpkin cream sauce

nǎiyóu pàofú　奶油泡芙　cream puff

nánbiān　南邊　south

nánguò　難過　sad

nányǎnyuán　男演員　actor

nèiróng　內容　content

nǐ de　你的　your

nǐmen de　你們的　your

nǐmen　你們　you

nǐ　你　you

nín de　您的　your

nín　您　you

niúpái　牛排　beefsteak

niúròumiàn　牛肉麵　beef noodles

niǔshāng　扭傷　sprain; sprained

Niǔyuē　紐約　New York

nónglì chūnjié　農曆春節　Chinese New Year

nǚyǎnyuán　女演員　actress

P

páshān　爬山　mountain-climbing

páigǔfàn　排骨飯　sparerib rice

pàochá　泡茶　make tea

pèishuǐ　配水　with water

pífūkē　皮膚科　dermatology

píjiǔ　啤酒　beer

piányí　便宜　inexpensive / cheap

píngguǒ　蘋果　apple

ping xìn　平信　regular mail

pútáojiǔ　葡萄酒　wine

Q

qǐchuáng　起床　get up

qìshuǐ　汽水　soda water

qī　七　seven

qī yuè　七月　July

qīzǐ　妻子　wife

qiánmiàn　前面　in front of

qiántiān　前天　the day before yesterday

qiǎokèlì dàngāo　巧克力蛋糕　chocolate cake

Qīngmíngjié　清明節　Tomb Sweeping Day

qǐng　請　please

qǐngwèn　請問　excuse me

qù bǎihuògōngsī　去百貨公司　go to the department store

qù guàngjiē　去逛街　go shopping

qù páshān　去爬山　go hiking

qúnzi　裙子　skirt

R

règǒu　熱狗　hot dog

Rén'àilù　仁愛路　Ren Ai Road

Rìběnrén　日本人　Japanese

rìshì　日式　Japanese

S

sānbǎi　三百　three hundred

sān diǎn shíwǔ fēn　三點十五分　3:15

sān diǎn wǔ fēn　三點五分　3:05 five past/ after three

sān ge　三個　three

sānmíngzhì　三明治　sandwich

sānqiān　三千　three thousand

sānshísì　三十四　thirty-four

sānshí　三十　thirty

sān xiǎoshí hòu　三小時後　three hours later

sān yuè　三月　March

sān　三　three

shālā　沙拉　salad

shǎn huángdēng chù　閃黃燈處　blinking yellow light

shàngbānzú　上班族　office worker

shàngbān　上班　go to work

shàngbān/gōngzuò　上班 / 工作　go to work

shàngkè　上課　go to class; go to school

shàng lóu　上樓　upstairs

shàngwǔ jiǔ diǎn　上午九點　9:00 a.m.

shāngxīn　傷心　grieved

shàng xīngqírì　上星期日　last Sunday

shàng xīngqíwǔ　上星期五　last Friday

shāngyè　商業　business

shèjìshī　設計師　designer

shēnfènzhèng　身分證　identification card

shèngdànjié　聖誕節　Christmas

shēngqì　生氣　angry

shēngyúpiàn　生魚片　sashimi

shíbā　十八　18

shí diǎn　十點　10:00 / ten o'clock

shíèr diǎn sānshí fēn/shíèr diǎn bàn　十二點三十分/十二點半　12:30

shíèr　十二　twelve

shíèr yuè　十二月　December

shí fēnzhōng hòu　十分鐘後　after 10 minutes

shísān　十三　thirteen

shísì　十四　fourteen

shíyī　十一　eleven

shíyī yuè　十一月　November

shí　十

shí yuè　十月　October

shízìlùkǒu　十字路口　intersection

shǒubì　手臂　arm

shōujiàndān　收件單　package

shōujiànzhě　收件者　recipient

shōujù　收據　receipt

shōuyínyuán　收銀員　cashier

shǒu　手　hand

shǒuzhǐ　手指　finger

shūfú　舒服　comfortable

shúshu / bóbo　叔叔 / 伯伯　uncle
shuāngshíjié　雙十節　Double Tenth Day
shuǐguǒtǎ　水果塔　fruit tart
shuǐjiǎo　水餃　boiled dumplings
shuìjiào　睡覺　go to bed
shuìqián　睡前　before bedtime
shuǐ　水　water
sì　四　four
sì ge　四個　4
sì yuè　四月　April
sùjiāodài　塑膠袋　plastic bag
sūzhá huāzhīquān　酥炸花枝圈　fried calamari
suān de　酸的　sour
suān　酸　sour

T

tā de　他的　his
tā de　她的　her
tāmen de　他們的　their
tāmen　他們　they/them
tā　他　he
tā　她　she
Táiběichēzhàn　台北車站　Taipei main station
Táiběi shìzhèngfǔ　台北市政府　Taipei City Hall
Táiběi　台北　Taipei
Tàiguórén　泰國人　Thai
tàishì　泰式　Thai
Táiwānrén　台灣人　Taiwanese
Tái zhōng　台中　Taichung
tànwàng bìngrén　探望病人　to visit a patient
tāngchí　湯匙　spoon
tàng　燙　hot
tàng de　燙的　hot
tèbié yōuhuì　特別優惠　special offer
tèdà hào　特大號　extra large
tèjià　特價　on sale
tílāmǐsū　提拉米蘇　tiramisu
tīxù　T恤　T-shirt
tiānqiáo　天橋　overpass
tián　甜　sweet
tóu　頭　head
tuīxiāoyuán　推銷員　salesman
tuǐ　腿　leg
túnbù　臀部　bottom

W

wàigōng　外公　grandfather

wàixiàng de　外向的　outgoing
wǎnshàng qī diǎn　晚上七點　7:00 in the evening
wànshì-rúyì　萬事如意　all is well with you
wǎn'ān　晚安　Good evening/Good night
Wáng　王　Wang
wèihūn　未婚　unmarried
wēishìjì　威士忌　whisky
wèicēngtāng　味噌湯　miso soup
wénhuà zhōngxīn　文化中心　culture center
wǒ de　我的　my
wǒmen de　我們的　our
wǒmen　我們　we/us
wǒ　我　I
wǔān　午安　Good afternoon
wǔ ge　五個　five
wǔshí　五十　fifty
wǔ yuè　五月　May
wǔ zhé　五折　50 percent off
wǔ　五　five

X

Xībānyárén　西班牙人　Spaniard
xībiān　西邊　west
xīgài　膝蓋　knee
xīguǎn　吸管　straw
Xīménzhàn　西門站　Ximen station
xīshì　西式　Western
xiàbān　下班　get off work
xiàkè　下課　get out of class
xià lóu　下樓　downstairs
xiàwǔ jiàn　下午見　See you this afternoon
xiàwǔ sān diǎn　下午三點　3:00 in the afternoon
xià xīngqíèr　下星期二　next Tuesday
Xià xīngqíliù　下星期六　next Saturday
xián de　鹹的　salty
xiānshēng　先生　husband
xiànshí zhuānsòng　限時專送　prompt mail
xián　鹹　salty
xiāngbīn　香檳　champagne
xiāngcǎo bīngqílín　香草冰淇淋　vanilla ice cream
xiàngkǒu　巷口　lane
xiǎoérkē　小兒科　pediatrics
xiāofángyuán　消防員　fireman
xiǎoxuéshēng　小學生　primary school student

xiǎo yìdiǎn 小一點 smaller
xièxie 謝謝 thank you
xiézi 鞋子 shoes
xìnfēng 信封 envelope
Xīnjiāpōrén 新加坡人 Singaporean
xīnnián 新年 New Year's Day
xīnwén zhǔbò 新聞主播 news anchor
xìnyòngkǎ 信用卡 credit card
xìnzhǐ 信紙 paper
Xīnzhú 新竹 Hsinchu
xīngfèn 興奮 excited
xīngqíyī 星期一 Monday
xīngqíèr 星期二 Tuesday
xīngqísān 星期三 Wednesday
xīngqísì 星期四 Thursday
xīngqíwǔ 星期五 Friday
xīngqíliù 星期六 Saturday
xīngqírì 星期日 Sunday
xīngqíyī jiàn 星期一見 See you next
    Monday
xiōngkǒu 胸口 chest
xiūjià 休假 vacation
xuéshēng 學生 student
xuéxiào 學校 school

Y

yáchǐ 牙齒 tooth
yákē 牙科 dentistry
yáyī 牙醫 dentist
yǎnjīng 眼睛 eye
yánjiùshēng 研究生 graduate student
yǎnkē 眼科 ophthalmology
yán 鹽 salt
yángcōngzhuān 洋蔥磚 onion loaf
yángzhuāng 洋裝 dress
Yáng 楊 Yang
yāobù 腰部 waist
Yēdànjié 耶誕節 Christmas Day
yéye 爺爺 grandfather
yìbǎi 一百 one hundred
yìbānwàikē 一般外科 general surgery
    department
yìdàlìmiàn 義大利麵 spaghetti
Yìdàlìrén 義大利人 Italian
yì diǎn 一點 1:00
yǐhòu zài liáo 以後再聊 Talk to you later
yìqiān 一千 one thousand
yìshì 義式 Italian
yì tiānyícì 一天一次 once a day
yíwàn 一萬 ten thousand
yīyào 醫藥 medicine

yīyuàn 醫院 hospital
yī 一 one
yī yuè 一月 January
Yìndùrén 印度人 Indian
yínháng 銀行 bank
yǐnliào 飲料 beverage
yīnyuèjiā 音樂家 musician
yìnzhāng 印章 seal
Yīngguórén 英國人 English
yīngtáopài 櫻桃派 cherry pie
yóujú 郵局 post office
yǒukòng 有空 have free time
yóupiào 郵票 stamps
yòu zhuǎn 右轉 turn right
yúkuài 愉快 cheerful
yūqīng 瘀青 bruise
yuánjǐng 員警 policeman
Yuánxiāojié 元宵節 Lantern Festival

Z

Zàijiàn 再見 See you!
zǎo a 早啊 Morning
Zǎoān 早安 Good morning
zǎoshàng bā diǎn 早上八點 8:00 in the
    morning
zhá jīliǔbàng 炸雞柳棒 chicken fingers
zhàngdān 帳單 check/bill
zhànghào 帳號 ID number
zhège 這個 this
zhékòu 折扣 discount
zhè wèi xuéshēng de 這位學生的 this
    student's
zhè wèi xuéshēng 這位學生 this student
zhěnsuǒ 診所 clinic
zhēntàn 偵探 detective
zhèngjiàn 證件 papers
zhíyèjūnrén 職業軍人 career soldier
zhìzuòrén 製作人 producer
zhōngdiǎnzhàn 終點站 terminal station
Zhōngguórén 中國人 Chinese
zhōng hào 中號 medium
zhǒngqǐlái 腫起來 swell
zhōngqiūjié 中秋節 Moon Festival
zhōngshì 中式 Chinese
Zhōngxiàodōnglù 忠孝東路 Chung
    Hsiao East Road
Zhōngyuánjié 中元節 Ghost Festival
zhùlǐ 助理 assistant
zhùyá 蛀牙 cavity
zhǔzhǐ 主旨 subject
zhuǎnjiǎo 轉角 corner

zǒnghuì bèiguǒ　總匯貝果　club bagel

zǒnghuì sānmíngzhì　總匯三明治　club sandwich

zǒu lóutī　走樓梯　go up / down the stairs

zuótiān　昨天　yesterday

zuǒ zhuǎn　左轉　turn left

常用名詞

11

Chángyòng míngcí

Food
食物
Shíwù

bread 麵包 miànbāo	cake 蛋糕 dàngāo	candy 糖果 tángguǒ	chocolate 巧克力 qiǎokèlì
cookie 餅乾 bǐnggān	dumpling 水餃 shuǐjiǎo	egg 蛋 dàn	hamburger 漢堡 hànbǎo
hotdog 熱狗 règǒu	noodles 麵 miàn	pasta 義大利麵 yìdàlìmiàn	pie 派 pài
pizza 披薩 pīsà	pork 豬肉 zhūròu	rice 飯 fàn	salad 沙拉 shālā
sandwich 三明治 sānmíngzhì	submarine sandwich 潛艇堡 qiántǐngbǎo	sushi 壽司 shòusī	tofu 豆腐 dòufǔ

Fruit

水果
Shuǐguǒ

apple 蘋果 píngguǒ	banana 香蕉 xiāngjiāo	blueberry 藍莓 lánméi	cherry 櫻桃 yīngtáo
grapefruit 葡萄柚 pútáoyòu	grapes 葡萄 pútáo	guava 番石榴 fānshíliú	lemon 檸檬 níngméng

mango	melon	orange	papaya
芒果	香瓜	柳橙	木瓜
mángguǒ	xiāngguā	liǔchéng	mùguā

peach	pear	pineapple	plum
桃子	洋梨	鳳梨	梅子
táozi	yánglí	fènglí	méizi

tangerine	starfruit	strawberry	watermelon
橘子	楊桃	草莓	西瓜
júzi	yángtáo	cǎoméi	xīguā

School
學校
Xuéxiào

air conditioner	blackboard	blackboard eraser	bucket
冷氣機	黑板	板擦	水桶
lěngqìjī	hēibǎn	bǎncā	shuǐtǒng

bulletin board	chalk	classroom	computer
公佈欄	粉筆	教室	電腦
gōngbùlán	fěnbǐ	jiàoshì	diànnǎo

desk	exit	fan	fire extinguisher
書桌	逃生門	電扇	滅火器
shūzhuō	táoshēngmén	diànshàn	mièhuǒqì

gym	library	light	public telephone
體育館	圖書館	日光燈	公用電話
tǐyùguǎn	túshūguǎn	rìguāngdēng	gōngyòngdiànhuà

parking lot	restroom	guardroom	shoe cabinet
停車場	廁所	警衛室	鞋櫃
tíngchēchǎng	cèsuǒ	jǐngwèishì	xiéguì

sports field	switch	trash can	whiteboard
操場	開關	垃圾桶	白板
cāochǎng	kāiguān	lèsètǒng	báibǎn

Transportation

Jiāotōng gōngjù

airplane	bicycle	bike	boat
飛機	自行車	腳踏車	小船
fēijī	zìxíngchē	jiǎotàchē	xiǎochuán
bus	car	ferry	jet
公共汽車	汽車	渡輪	噴射機
gōnggòngqìchē	qìchē	dùlún	pēnshèjī
motorcycle	MRT	passenger ship	ship
摩托車	捷運	客輪	船
mótuōchē	jiéyùn	kèlún	chuán
taxi	train	truck	van
計程車	火車	卡車	貨車
jìchéngchē	huǒchē	kǎchē	huòchē

Stationery

Wénjù

art knife	blade	bookmark	correction fluid
美工刀	刀片	書籤	修正液
měigōngdāo	dāopiàn	shūqiān	xiūzhèngyì
correction tape	envelope	eraser	folder
立可帶	信封	橡皮擦	檔案夾
lìkědài	xìnfēng	xiàngpícā	dǎng'ànjiá
glue	glue stick	ink	magnet
膠水	口紅膠	墨水	磁鐵
jiāoshuǐ	kǒuhóngjiāo	mòshuǐ	cítiě
marker	memo	notebook	notepaper
奇異筆	備忘錄	筆記本	便箋
qíyìbǐ	bèiwànglù	bǐjìběn	biànjiān
paper	paper clip	paper knife	pen
信紙	迴紋針	裁紙刀	鋼筆
xìnzhǐ	huíwénzhēn	cáizhǐdāo	gāngbǐ

附錄一 常用名詞

pencil	pencil bag	pencil case	pencil sharpener
鉛筆	筆袋	鉛筆盒	削鉛筆機
qiānbǐ	bǐdài	qiānbǐhé	xiāoqiānbǐjī

push pin	rubber band	ruler	scissor
大頭針	橡皮筋	尺	剪刀
dàtóuzhēn	xiàngpíjīn	chǐ	jiǎndāo

staple	stapler	sticker	tape
訂書針	訂書機	貼紙	膠帶
dìngshūzhēn	dìngshūjī	tiēzhǐ	jiāodài

House
家
Jiā

basement	bathroom	bedroom	coat hanger
地下室	浴室	臥室	衣架
dìxiàshì	yùshì	wòshì	yījià

dining room	extension cord	garage	kitchen
餐廳	延長線	車庫	廚房
cāntīng	yánchángxiàn	chēkù	chúfáng

laundry room	living room	pillow	quilt
洗衣間	客廳	枕頭	棉被
xǐyījiān	kètīng	zhěntóu	miánbèi

shower	slippers	study	storeroom
淋浴間	拖鞋	書房	儲藏室
línyùjiān	tuōxié	shūfáng	chúcángshì

Furniture
家俱
Jiājù

bed	bookshelf	carpet	chair
床	書架	地毯	椅子
chuáng	shūjià	dìtǎn	yǐzi

closet	dehumidifier	fridge	lamp
衣櫥	除濕機	冰箱	燈
yīchú	chúshījī	bīngxiāng	dēng

liquor cabinet	shoes cabinet	sink	sofa
酒櫃	鞋櫃	水槽	沙發
jiǔguì	xiéguì	shuǐcáo	shāfā

stool	table	table lamp	television
凳子	桌子	檯燈	電視
dèngzi	zhuōzi	táidēng	diànshì

Places
場所
Chǎngsuǒ

airport	bank	bus stop	clinic
機場	銀行	公車站牌	診所
jīchǎng	yínháng	gōngchēzhànpái	zhěnsuǒ

coffee shop	convenience store	department store	elevator
咖啡廳	便利商店	百貨公司	電梯
kāfēitīng	biànlì shāngdiàn	bǎihuògōngsī	diàntī

fast-food restaurant	harbor	lobby	pharmacy
速食店	港口	大廳	藥局
sùshídiàn	gǎngkǒu	dàtīng	yàojú

police station	post office	railway station	restroom
警察局	郵局	火車站	盥洗室
jǐngchájú	yóujú	huǒchēzhàn	guànxǐshì

shopping mall	sidewalk	skyscraper	supermarket
大賣場	人行道	摩天大樓	超級市場
dàmàichǎng	rénxíngdào	mótiāndàlóu	chāojíshìchǎng

Animals
動物
Dòngwù

bat 蝙蝠 biānfú	bear 熊 xióng	bee 蜜蜂 mìfēng	bird 鳥 niǎo
bull 公牛 gōngniú	cat 貓 māo	chicken 小雞 xiǎojī	cow 母牛 mǔniú
deer 鹿 lù	dog 狗 gǒu	duck 鴨 yā	eagle 老鷹 lǎoyīng
elephant 大象 dàxiàng	fish 魚 yú	fox 狐狸 húlí	giraffe 長頸鹿 chángjǐnglù
goose 鵝 é	horse 馬 mǎ	koala 無尾熊 wúwěixióng	leopard 豹 bào
lion 獅子 shīzi	monkey 猴 hóu	mouse 鼠 shǔ	ostrich 駝鳥 tuóniǎo
panda 熊貓 xióngmāo	penguin 企鵝 qì'é	pig 豬 zhū	polar bear 北極熊 běijíxióng
raccoon 浣熊 wǎnxióng	rabbit 兔子 tùzi	rooster 公雞 gōngjī	sheep 羊 yáng
snake 蛇 shé	tiger 老虎 lǎohǔ	wolf 狼 láng	zebra 斑馬 bānmǎ

Appendix 1   Commonly use nouns

086

People
人稱
Rénchēng

adult 成人 chéngrén	aunt 姑姑 /阿姨 gūgu / āyí	baby 嬰兒 yīng'ér	boy 男孩 nánhái
child 小孩 xiǎohái	cousin 表/堂 兄弟姊妹 biǎo/ táng xiōngdì jiěmèi	elder sister 姊姊 jiějie	father 爸爸 bàba
girl 女孩 nǔhái	grandfather 爺爺/外公 yéye / wàigōng	grandmother 奶奶 / 外婆 nǎinai / wàipó	man 男人 nánrén
mother 媽媽 māma	elder brother 哥哥 gēge	old person 老人 lǎorén	teenager 青少年 qīngshàonián
uncle 叔叔 /伯伯 shúshu / bóbo	woman 女人 nǔrén	younger brother 弟弟 dìdi	younger sister 妹妹 mèimei

附錄一　常用名詞

附錄二

Commonly used adjectives

常用形容詞

Chángyòng xíngróngcí

Shapes 形狀
Xíngzhuàng

big	broad	circular / round	few
大	寬	圓	少
dà	kuān	yuán	shǎo
flat	long	many	short
平	長	多	短
píng	cháng	duō	duǎn
small	square	thick	thin
小	方	厚	薄
xiǎo	fāng	hòu	bó

Colors 顏色
Yánsè

black	beige	blue	brown
黑色	米色	藍色	褐色
hēisè	mǐsè	lánsè	hésè
cyan	dark	gray	gold
青色	深色	灰色	金色
qīngsè	shēnsè	huīsè	jīnsè
green	light	orange	pink
綠色	淺色	橘色	粉紅色
lǜsè	qiǎnsè	júsè	fěnhóngsè
purple	red	silver	white
紫色	紅色	銀色	白色
zǐsè	hóngsè	yínsè	báisè

yellow
黃色
huángsè

Looks
外觀
Wàiguān

beautiful
美麗
měilì

clean
乾淨
gānjìng

cute
可愛
kěài

dirty
髒
zāng

fat
胖
pàng

handsome
英俊
yīngjùn

old
年老
niánlǎo

pretty
漂亮
piàoliàng

short
矮
ǎi

shy
害羞
hàixiū

strong
強壯
qiángzhuàng

sunny
陽光
yángguāng

sweet
甜美
tiánměi

tall
高
gāo

thin
瘦
shòu

ugly
醜
chǒu

weak
虛弱
xūruò

young
年輕
niánqīng

Moods
情緒
Qíngxù

angry
生氣
shēngqì

bored
無聊
wúliáo

carefree
悠閒
yōuxián

cheerful
愉快
yúkuài

depressed
消沈
xiāochén

despondent
沮喪
jǔsàng

disappointed
失望
shīwàng

disheartened
灰心
huīxīn

embarrassed 尷尬 gāngà	excited 興奮 xīngfèn	furious 狂怒 kuángnù	glad 高興 gāoxìng
grieved 悲痛 bēitòng	happy 快樂 kuàilè	interested 感興趣 gǎn xìngqù	joyful 喜悅 xǐyuè
lonely 寂寞 jímò	melancholy 憂鬱 yōuyù	relaxed 輕鬆 qīngsōng	sad 悲哀 bēiāi
scared 害怕 hàipà	surprised 驚訝 jīngyà	tired 累 lèi	worried 擔心 dānxīn

Sensations
感覺
Gǎnjué

chilly 寒冷 hánlěng	cold 冷 lěng	comfortable 舒服 shūfú	dry 乾燥 gānzào
hot 熱 rè	noisy 吵鬧 chǎonào	quiet 安靜 ānjìng	uncomfortable 不舒服 bù shūfú
warm 溫暖 wēnnuǎn	wet 濕 shī		

Conditions
狀態
Zhuàngtài

| closed
關
guān | complex
複雜
fùzá | empty
空
kōng | fast
快速
kuàisù |

full	hard	open	simple
滿	硬	開	簡單
mǎn	yìng	kāi	jiǎndān

slow	soft		
緩慢	軟		
huǎnmàn	ruǎn		

Directions
方位
Fāngwèi

cross from	behind	east/eastern	front
對面	後方	東邊	前方
duìmiàn	hòufāng	dōngbiān	qiánfāng

left	near	next	north/northern
左	附近	隔壁	北邊
zuǒ	fùjìn	gébì	běibiān

northeast/ northeastern	northwest/ northwestern	over	right
東北邊	西北邊	上方	右
dōngběibiān	xīběibiān	shàngfāng	yòu

south/southern	southeast/ southeastern	southwest/ southwestern	under
南邊	東南邊	西南邊	下方
nánbiān	dōngnánbiān	xī'nánbiān	xiàfāng

west/western			
西邊			
xībiān			

附錄三
Commonly used verbs
 常用動詞

13

Chángyòng dòngcí

Stative Verbs
狀態動詞

Zhuàngtài dòngcí

angry	appreciate	awake	cry
生氣	感激	覺醒	哭
shēngqì	gǎnjī	juéxǐng	kū
desire	dislike	feel	forget
渴望	不喜歡	感覺	忘記
kěwàng	bù xǐhuān	gǎnjué	wàngjì
happy	hate	hope	joyous
開心	恨	希望	快樂
kāixīn	hèn	xīwàng	kuàilè
know	laugh	like	loathe
知道	笑	喜歡	討厭
zhīdào	xiào	xǐhuān	tǎoyàn
love	miss	regret	strike
愛	想念	遺憾	感動
ài	xiǎngniàn	yíhàn	gǎndòng
sorrow	surprise	sympathize	upset
悲傷	驚奇	同情	沮喪
bēishāng	jīngqí	tóngqíng	jǔsàng

Active Verbs
動作動詞

Dòngzuò dòngcí

ask	bathe	buy	call
問	洗澡	買	叫
wèn	xǐzǎo	mǎi	jiào

close the door 關 門 guānmén	clean 清理 qīnglǐ	cough 咳嗽 késòu	discover 發現 fāxiàn
do the laundry 洗衣服 xǐ yīfú	drink water 喝 水 hēshuǐ	drive 開車 kāichē	eat 吃 chī
finish 完 成 wánchéng	have a meal 吃飯 chīfàn	listen to music 聽 音 樂 tīng yīnyuè	live 住 zhù
look 看 kàn	open the door 開門 kāimén	perform 表 演 biǎoyǎn	pick 撿 jiǎn
play 玩 wán	pull 拉 lā	push 推 tuī	put 放 fàng
read 讀書 dúshū	receive 收 到 shōudào	run 跑 pǎo	say 說 shuō
see 看見 kànjiàn	sell 販賣 fànmài	sing a song 唱 歌 chànggē	sleep 睡 覺 shuìjiào
sneeze 打 噴 嚏 dǎ pēntì	speak 說 shuō	turn off the light 關 燈 guāndēng	turn on the light 開 燈 kāidēng
watch TV 看 電 視 kàn diànshì	wash 洗 xǐ	wash one's face/ wash one's hands 洗臉 / 洗手 xǐliǎn / xǐshǒu	write 寫字 xiězì

094

Animal Actions

Dòngwù de dòngzuò

bark	bite	crow	fly
吠	咬	雞鳴	飛
fèi	yǎo	jīmíng	fēi

jump	lay an egg	roar	wag
跳	下 蛋	吼	搖 尾巴
tiào	xiàdàn	hǒu	yáo wěibā

Actions in Nature

Dàzìrán de xiànxiàng

blow	cloud	drizzling	fog
刮 風	多雲密佈	下毛毛雨	起 霧
guāfēng	duōyún mìbù	xià máomáoyǔ	qǐ wù

hailing	hurricane is hitting	lightning	raining
下 冰雹	刮 颶風	閃 電	下雨
xià bīngbáo	guā jùfēng	shǎndiàn	xiàyǔ

shower	snowing	thunder	typhoon is hitting
下 陣雨	下雪	打雷	刮 颱風
xià zhènyǔ	xiàxuě	dǎléi	guā táifēng

Optative Verbs
表意願的動詞
Biǎo yìyuàn de dòngcí

can	could	dare	deserve
能	能 夠	敢	值得
néng	nénggòu	gǎn	zhídé

do	don't	must	need to
要	不要	必須	需要
yào	búyào	bìxū	xūyào

ought to	should	want to	will
應 當	應該	想 要	願
yīngdāng	yīnggāi	xiǎngyào	yuàn

國家圖書館出版品預行編目資料

300句說華語／楊琇惠著. --二版. --臺北市：
五南圖書出版股份有限公司，2024.07
面；　公分
ISBN 978-626-393-395-8(平裝)

1.漢語 2.讀本

802.86　　　　　　　　113007329

1X2G

300句說華語

編 著 者 ― 楊琇惠(317.4)

企劃主編 ― 黃惠娟

責任編輯 ― 魯曉玟

封面設計 ― 黃聖文、姚孝慈

內文插畫 ― 朱美靜

錄音人員 ― 林姮伶　郭馨維　Eliot Edward Corley II

出 版 者 ― 五南圖書出版股份有限公司

發 行 人 ― 楊榮川

總 經 理 ― 楊士清

總 編 輯 ― 楊秀麗

地　　　址：106台北市大安區和平東路二段339號4樓

電　　　話：(02)2705-5066　　傳　　真：(02)2706-6100

網　　　址：https://www.wunan.com.tw

電子郵件：wunan@wunan.com.tw

劃撥帳號：01068953

戶　　　名：五南圖書出版股份有限公司

法律顧問　林勝安律師

出版日期　2011年1月初版一刷（共八刷）
　　　　　2024年7月二版一刷

定　　　價　新臺幣200元